지난 시절의 추억

지난 시절의 추억

최 광 현 지음

작가의 말

모이고 모이고 모이고 모이고 흩어진다

짝으로 모이고 운명으로 모이고
이루어질 수 없는 운명으로 모이고
평범한 운명으로 모이고
퍼진다

우리들의 사랑또한
조각나간다

2014년 6월에
최광현

차례

제1편 서른살의 추억

서울 in and out **12** /
비오는날 우산속에서 1 **13** /
비오는날 우산속에서 2 **14** /
인천공항에서 **15** /
그녀와 커피
　　1 여의도 벚꽃길에서 **16** /
　　2 자동차에서 **18** /
정읍초가에서 **19** /
지리산 산자락 쉼터 라면국물 **22** /
한강시민공원 여의도 불꽃놀이 **24** /
던힐담배와 그녀 **26** /
인연 자동차운전 찜질방 **28** /
칼국수 **30** /
사업자등록증 **31** /
술취함 **33** /
대학교풍경 **35** /
연세대학교에서 **36** /
해변가에서 **38** /
왓슨스 **39** /

남이섬 월미도 정동진 **40** /

홍대 강남 대학로 신촌 **41** /

잠실운동장 **42** /

2002년 월드컵 **43** /

캐리비안베이 **44** /

이과와 문과 **46** /

노래방에서 **47** /

광화문거리 **48**

제 2편 어린시절의 추억

(1) 초등학교

야영 **52** /

트램폴린 **53** /

온실과 식물원 **54** /

기초군사훈련 **55** /

담방구 **56** /

무궁화꽃이 피었습니다 **57** /

정글짐 59 / 구름사다리 59 /

테니스공과 야구 60 /

구슬치기 62 /

똥그란 딱지 64 /

도시락과 급식 66 /

구구단 67 /

바른생활 슬기로운생활 즐거운생활 70 /

어린이회의 1 71 /

어린이회의 2 72 /

보이스카웃 73 /

달고나 74 /

비석치기 75 /

가위뛰기 76 /

여자친구집 앞에서 77 /

화물열차와 긴못 78

(2) 중학교

붕어해부 80 /

버스에서의 그아이 81 /

태권도와 여학교 82 /

방과후 빗속에서 86 /
무서리와 무맛 88 /
벌판과 빌딩 89

(3) 고등학교

봉고차와 편지 92 /
토요일과 남녀공학 93 /
실내3종경기 95 /
교탁과 그대에게 96 /
축제와 그녀들 97 /
전율 99

제3편 지난 시절의 추억

땅도 땅도 내땅이다 조선땅도 내땅이다 102 /
제주 우도 104 /
지난시절의 추억 106 /
입체 108

제1편

서른살의 추억

서울 in and out

서울로 들어간 아가씨는 서울안에서 돕니다
서울밖에 있는 총각은 서울안으로
들어옵니다

서울안에서 나온 아가씨는 총각이 서울밖에
있는것을 모릅니다
총각은 아가씨를 서울에두고 서울안에서
돌아다닙니다

총각이 서울을 찾았을때 아가씨는 드디어
서울밖으로 나옵니다

두사람은 서울을 사이에 두고 서로 엇갈린
운명을 지내고 있습니다

총각이 아가씨를 찾았을 때 아가씨는
서울밖을 나가고 총각은 비로소
자신이 다니던 학교가 서울 in and out
임을 발견합니다

비오는날 우산속에서 1

비가 내립니다
우선 들어갑니다 도서관속으로

비는 그녀가 창밖을 바라보게 합니다
그녀는 우산을 들고 내리는 비를 거두려고
발걸음을 옮깁니다

그가 내리는 비를 가르며 아랑곳않고
도서관밖으로 나옵니다

비를 헤치며 나온 그를 본 그녀는
알수없는 힘에 이끌려 그에게
우산을 씌워주고 맙니다

그녀가 얘기합니다
"비사이로 다니면 못써 당신은 몸을 가지고
있잖아"

비오는날 우산속에서 2

오늘은 토요일 비가 내립니다
횡단보도에 선 그는 우산을 들고
서 있습니다

행여나 누군가 우산속으로 들어오지 않을까
기대합니다

그녀가 갑자기 내린비로 조금씩 옷이
젖어듭니다
이를본 그가 살며시 다가가 묻습니다
"저기 우산없으시면 같이 쓰실래요?"

그녀가 고맙다고 말하며 우산속으로
들어옵니다
그녀는 그우산이 그렇게 작은줄 몰랐습니다

10분을 같이 걸어간 그녀는
가랑비에 옷 젖는줄 모르고
입김이 날리는 우산속에서
행복을 느낍니다

인천공항에서

비행기가 이륙합니다
서서히 달리던 비행기는 속도를 높입니다

어느덧 바퀴가 뜨기 시작합니다
제트엔진은 불꽃을 내며 공기를 밀어냅니다

창공으로 솟아오른 비행기는 바둑판을 그리며
흰구름위로 올라갑니다

비행기가 착륙합니다
기류를 타고 달리던 비행기는 마음을
옥조입니다

비행기가 드디어 착륙합니다
언제 착륙했는지 사람들은 바퀴 엉덩방아를
찧습니다

비행기가 얘기합니다
"이제는 도착했어 다들 무사히 돌아가"

그녀와 커피

1 여의도 벚꽃길에서

그녀가 나를 불렀다
나는 그녀가 불러주기를 바랬다

내가 그녀에게 갔을때
그녀의 양손엔 커피와 디카가 들려있었다

그녀는 나와 손을 잡고 싶은듯 하였으나
나는 그녀가든 커피와 디카때문에 그녀의
손을 잡을수 없었다

나는 그녀에게 말하였다
손을 좀 비워두라고
나는 그녀를 위해 한손을 늘 비워두고 있었다
그손은 언제라도 그녀의손이 비면
잡을수 있는 손이었다

하지만 커피를 든 손은 결코 커피차지였다
나는 어떻게든 그녀의 한손이 비기를 바랬지만
그녀는 내마음을 아는지
손을 비워두지 않았다

나는 그녀에게 마음속으로 외쳤다
사랑해 사랑한다고
제발 그 커피좀 내려놔

그녀는 결국 커피를 내려놓게 되었다
그녀는 나에게와서 디카를 주며 벚꽃과함께
자신을 찍어달라고 하였다

나는 그녀에게 해줄수 있는 일이 그것밖에 없었다
나는 그녀에게 해줄수 있는 일이 그것밖에 없었다

그녀는 나와 맞지 않았나보다
그녀는 나와 맞지 않았나보다

나는 그녀를 사랑하지 않은게 아니다

2 자동차에서

나는 그녀와 자동차도 같이 탔다
그녀의 차안에서도 커피는 놓여있었다

그녀는 바이올리니스트였다
그녀의 목소리는 어여쁜 목소리였다

그 목소리는 그녀의 목소리가 아니고
청중의 심금을 울린 바이올리니스트의
마음이었다

모든 사람들의 행복을 담은 목소리였다

나는 그 목소리를 안다
그 목소리는 사람들이 행복해하는
목소리였던 것이다

그래서 나는 그녀의 손을 잡고
싶었던 것이다
하지만 그녀의 손은 언제나 커피차지였다

정읍초가에서

나는 풍물패에서 쇠를 친다
그녀는 풍물패에서 장고를 친다

나는 전북 정읍에서 그녀와함께
연수를 받았다

그녀는 장고를 꽤 잘쳤다
나는 쇠를 적당히 잘쳤다

나는 쇠가 치기 싫었다
쇠는 너무 간드러지게 치면 재미없다

그래서 나는 징을 잡았다
징은 치기가 매우 쉽다
하지만 매우 무거워서 들기가 어렵다

하지만 드는 요령을 어찌 알았는지
흔들면서 치면 쉽게 칠수 있었다

나는 징치는게 제일 쉽다
첫박만 잘치면 되는 것이다

그녀가 장고를 친다
나는 징을 친다

나는 징을 칠때 왔다갔다 흔들며 친다
그렇게치면 아무리 오래쳐도 무겁지 않다

나는 요령을 어찌 알았는지 그렇게 치고
있었던 것이다

그녀의 모습을 본다
그녀의 장고 첫박에 내 징 첫박을 맞춘다

나는 징이 자유롭다
첫박만 치면 나중은 자유로이 채를 움직이면
되는 것이다

얇은사 하이얀 고깔은 고이 접어서 나빌레라
파르라니 깎은머리 박사 고깔에 감초오고[1]

이 시를 떠올리면서 나는 징채를
덩실덩실 움직인다

그녀는 내 징소리를 들으며 장고를 친다
내 징소리를 듣는지 어떤지 모르겠지만

---

(1) 조지훈의 '승무'중에서

나는 자유로이 징을 친다

두볼에 흐르는 빛이 정작으로 고와서
서러워라[2]

나는 징채를 돌리며 사뿐히 내려놓는다
그녀도 장고채를 돌리며 사뿐히 내려놓는다

---

(2) 조지훈의 '승무'중에서

지리산 산자락 쉼터 라면국물

우리는 올라갔다
비가 조금씩 내리기 시작했다

조금씩 내리던 비는 어느덧
우리들의 옷을 적셔놓기 시작했다

조금씩 추워졌다
산중턱에 가자 쉼터가 나타났다

라면을 끓일수있는 장소였다
우리들은 앗싸라하고
라면을 끓이기 시작했다

국물이 끓고 있다
우리들이 가지고 올라온 비상식량은
추위에 얼어붙은 우리들의 마음을 녹여주었다

우리는 알았다
매콤한 라면국물이 우리들의
질퍽거리는 마음을 달래고 있다는것을

우리는 알았다
99도씨의 뜨거운 열정이
우리들의 가슴안에서 용솟음치고 있다는것을

우리는 알았다
지리산 중턱의 산장쉼터가
우리의 생명을 살리고 있었음을

사랑한다
나의 정든 무리가
고비를 넘길때마다
그곳 어스름의 풍경을 감싸고 돈다는것을

기억한다
우리들의 젊은시절의 추억은
비단 새벽별만의 낭만이 아니었음을

한강시민공원 여의도 불꽃놀이

한강에 놀러갔다
한강고수부지에서 불꽃놀이를
볼수있다해서 갔다

많은사람들이 몰려왔다
간신히 그녀와나는 자리를 잡고
잠시후 불꽃놀이를 보기 시작했다

불꽃놀이는 장관이었다

가끔씩 터지는 모습은 내마음을 사로잡았다
불꽃은 원형이었다
솟아오르는 모습이 마치 올챙이가
헤엄쳐오르는듯 싶었다

적절히 시간을두고 불꽃이 터졌다
불꽃들은 나에게 말했다
나를 좀 보아달라고
나는 이쁜데 사람들이 나에게 말한다고
제발 나를좀 터트리지 말라고
내가 재가되어 땅에 떨어지면 땅에있는
사람들이 다친다고
땅에있는 물건들이 다친다고

나는 결코 그러고싶지 않은데
사람들이 올리면 나는 그렇게
떨어질 수밖에 없다고

나는 예쁘지만 사람들을 다치게하고
싶지 않다고

그녀와함께 적절히 불꽃놀이를 다보고
귀가를 했다

던힐담배와 그녀

영국산 던힐담배를 샀다
그녀가 있던 곳이다

던힐담배를 하나 빼어물었다
가벼이 입담배를 폈다
담배연기가 피어올랐다
담배연기는 바람을타고 하늘로 올라갔다
담배맛은 풋풋했다

담배두개피를 한번에 피었다
연기가 두배로 피어올랐다
그녀가 생각났다
그녀는 웃었다
그녀도 예전에 담배를 피웠던것 같았다
나의 담배연기는 하늘하늘 하늘로
날라가고 있었다
다 피운다음에 옆 모퉁이돌에 담배꽁초를
비볐다

담배세개피를 입에 물었다
세개피는 좀 버거웠다
불을 피우기가 수월하지 않았다

그래도 대충 불을 지폈다

담배연기는 모락모락 피어오르는데 바람이
불기 시작했다
바람을타고 연기가 흩어지기 시작했다
연기는 소라모양을 하며 흩어지기 시작했다
그모습은 마치 고동같기도 하고 큰소라
모양같기도 했다

나는 황금비를 안다
입체황금비다
바람을타고 담배연기가 입체황금비로
날라가는 것이다

인연 자동차운전 찜질방

그녀를 태운다
내차에 태운다

내차 오른편은 로얄석이다
로얄석에는 아무나 앉는것이 아니다
그녀만 앉을수있다

그녀는 내 오른편에 앉아있다
그녀와함께 자동차 드라이브를 한다
그녀의 손이 보인다
한손으로 운전을 하고
다른손으로 그녀의손을 잡는다

그녀의 손은 작다
하지만 나는 느낄수있다
그녀의 손이 차다는 것을

그녀는 예민하다
나는 그녀가 예민하다는것을 느낄수있다
여자들은 손이 예민하다
나는 여자들 손을 잡아본일이 있다
여자들손은 작고 차다

그녀와함께 찜질방에 갔다
나는 찜질방이 첨이다

이것저것 있었다
분식 오락실 운동기구 열사우나
스포츠마사지 등등이었다

그녀와 같이 누웠다
그녀의 옆모습이 예뻤다
그녀와함께 밤을 세웠다

다음날새벽 그녀가 일어났다
그녀는 일찍 지방에 내려가야한다

칼국수

그녀와함께 칼국수집에 갔다
칼국수집은 유명한곳이다
그녀는 손칼국수를 시켰다
나는 해물칼국수를 시켰다

우리는 모두 싸그리 먹어치웠다

사업자등록증

그녀는 사업가이다
그녀는 서점을한다

그녀가 사장이다
그녀는 점원들에게 잔소리를 안한다
그녀는 베테랑 사장이다
잔소리를 안할수록 직원들은 더잘 일한다
하지만 일에 대해서는 다알고 있어야한다
다알고있어야 직원들한테 책 안잡힌다

그녀는 책을 안읽는다
그녀는 그림만본다
그림만봐도 대충 책의 내용을 파악한다
책의 내용은 그림에 다 나와있다
목차만봐도 대충 책의 내용을 다
파악할수 있다

그녀는 서점에있는 서적 모두를 알고 있다
그래서 그녀는 박식하다
그녀는 모르는것이 없다
나도 모르는것이 없다

우리는 사업가이다
우리는 돈을 많이번다

그녀가 돈을 많이 벌지만 나는 한푼도 없다
나는 돈이 없어야 행복하다
남자는 돈이 없어야 행복하고 여자는 돈이
많아야 행복하다

술취함

술을 먹는다
부어라 마셔라 먹는다

친구들은 모두 얼큰히 취해간다
나도 취해간다

우리는 모두 하나가 되기위해 취해간다

어느덧 자정이 되었다
3차에서 먹는 식품점 라면이 맛이있다

사람들은 한둘 떠나고 우리들은 더 살아남기위해
라면을 먹는 것이다

나는 안다
세상이 우리들에게 뭐라 할지라도
우리는 오늘밤을 사수하리란걸

시간이 흐르고 어느덧 동이 터온다

가시같은 의지로 맞는 새벽햇살은
나의 정리되지 않은 지난밤을 힘들게한다

모두를 떠나보내고 혼자 돌아가는 발걸음에선
이틀이 아닌 하루가 그리 짧았나하는
아쉬움을 남기게한다

나는 쌩얼이다

지난밤 우리가 나누었던 이야기들은
모두 잊혀진채 새로운 날을 맞이하였다

새로운 날은 다음날 2시부터다

왠지 모르게 일찍 시작하려했던
다음날은 처참하게 부서져
반쪽짜리 하루로 전락하고 만다

기뻐할 틈도 없이 슬퍼할 틈도 없이
술들은 우리를 조각내고 조각낸다

우리들의 사랑또한 술로 인해서
조각나간다

대학교풍경

우리학교는 사계절이 뚜렷하다
봄여름가을겨울 풍경이 다르다

봄에는 푸른빛의 녹음이 우거지고
여름에는 짙은색 녹음이 우거지고
가을에는 단풍이 진다
하지만 겨울에는 나무마다 눈꽃이 가득하다

나는 4년동안 사계절을 보아왔다
사진을 찍고싶었다
하지만 찍지못하고 졸업했다
지금이라도 달려가서 사계절의 풍경을
내 카메라에 담고싶다

진입로 양쪽가득 나무들이 즐비하게 서있다
가만히 안으로 걸어 들어가다보면
남이섬 나무풍경과 비슷하다
우리학교는 녹음이 울창하다
사계절의 풍경을 보면서 나는 그렇게 졸업했다

연세대학교에서

연세대에는 광장이 있다
그곳에서 가수 콘서트가 열렸다

3명의 가수가 출연했다
하지만 나는 볼일이 있어서 늦게 도착했다
도착하니 마지막 노래를 부르고 있었다
그 노래는 이소라 목소리였다

○○○ 김연우도 있었다
하지만 그들의 노래는 듣지 못했다

그런데 앵콜곡이 있었다
○○○과 김연우의 앵콜곡이었다
그들은 목소리가 달랐다
○○○은 허스키한 목소리였고
김연우는 쭉쭉뻗는 부드러운 목소리였다

나는 그들의 목소리를 들으면서 생각했다
그들은 목소리가 쉬면서까지 노래를
부르고 있는 것이다

나는 생각했다
그들은 생계를 위해 노래를 부르기도하고
사람들을 즐겁게 하기위해 노래를 부르고
있는 것이었다

해변가에서

부산에 해운대가 있다
강릉에 경포해수욕장이 있다

부산은 인파가 몰린다
하지만 사람이 너무많아 복잡하다
하지만 생기가 득실거린다

경포는 사람이 적절하다
그리많지 않아서 놀기에 적합하다
하지만 생기가 별로없다
그곳은 경사가 급해서 놀기에 적합하지않다

사람들이 즐거워한다
그들은 파도와 논다
하얗게 부서지는 파도는 멀리 해변에서
밀려온 물언덕이다

해변에서 보이는 풍경들은 모두 자연이다
사람들도 자연이다
모두 아름답다
아름답지 않아보여서 아름답다

왓슨스

그녀를 왓슨스에서 보았다
그녀는 무언가를 고르고 있었다

왓슨스에 들어가면 냄새가 난다
진한향수 냄새가 나는 것이다

그곳에는 많은 여성들이 사는것 같다
하지만 그냄새는 조금 독하다
너무 아름다우면 오히려 힘든것 같다

너무 아름답지 말자

남이섬 월미도 정동진

남이섬에 가면 키스바위가 있다
배용준과 최지우의 모습이다

월미도에 가면 아폴로 디스코가 있다
걸쭉한 입담이 예술이다

정동진에 가면 모래시계 촬영지가 있다
최민수와 고현정이 찍었던 장소이다

각각 다른날에 갔다
모두 사람들의 추억이 어린 곳이다

홍대 강남 대학로 신촌

홍대에 가면 클럽이 있다
그곳에는 두번가봤다
한번 들어가봤다
사람들이 북적였다
나이들어서 들어가니 별로 재미없었다
젊은 아가씨들중 예쁜애들은 공짜로
들어가기도 하는것 같았다

강남에가면 클럽이 있다
여기저기 있지만 그냥그냥 재미있었다

대학로에 가면 소극장이 있다
여기저기 많은데 다 재미있다

신촌에가면 민들레영토가 있다
토론하면서 사먹을수있는 라면이 맛이있다

이들은 젊은이들의 놀이터다
모두 즐겁게 지낼수 있는 곳이다
순수한곳에 행복이 있는것 같다

잠실운동장

준비를 한다
공연준비를 한다
안으로 들어갔다
사람들이 쳐다본다
사람들 볼틈 없다
공연하는 사람은 공연에만 집중해야한다

관중석에 있는 사람을 보려면 그만큼 여유가
있어야할것 같다

2002년 월드컵

박지성이 골을 넣었다
그는 두려워하지 않는다
그는 한번 속이고 골을 넣었다
그는 한번 속이는 사람이다
한번만 제대로 속이면 전국민이 환호한다

같이본 사람들이 있다
그들은 아유!~하며 탄성을 지른다
하지만 나는 그냥 본다
우리나라가 골을 넣었을 때는 모두
떠나갈듯이 기뻐한다
나는 그냥 본다

애국심이 없는게 아니다
사람들이 즐거워하니까 기분이좋아서
빙그레 웃을뿐이다

캐리비안베이

입장표를 샀다
안으로 들어갔다
옷넣는 캐비넷이 있다
옷을 갈아입은후 구명조끼를 입고
풀에 들어갔다

풀은 파도가 밀려왔다
점점 깊은곳으로 들어갔다
발이 닿지 않았다
처음엔 좀 불안했지만 파도를 즐기니
재미있었다
큰 파도가 밀려왔다
너울이었다
자칫하다간 해변에선 목숨을 잃을수도 있다
하지만 안전요원덕에 모두들 무사히 즐긴다

10미터 수직낙하풀에 갔다
바닥이 순간적으로 열리는 구조였다
자세를 바로하지 않으면 다칠수도 있겠다
꼭 마음을잡고 떨어져야한다

돌다가 시간이 많이 흘렀다
은근히 쌀쌀해졌다
어떻게하다가 따뜻한물에 들어갔다
목욕탕같았다
온몸의 피로가 다 풀리는것 같았다

몸을 깨끗이 씻은후에 돌아왔다

이과와 문과

이과는 수학이다
문과는 언어다

이과는 말을 못한다
문과는 말을 잘한다

이과는 논리적이다
문과는 정서적이다

이과는 논리가 통하면 말을 잘한다
문과는 논리가 안통해도 말을 잘한다

이과는 논리가 통하지 않으면 말을 못한다
문과는 말을 잘하기 때문에 사회생활이 쉽다

하지만 이과는 거짓말을 안하기 때문에
무너지지 않는다
하지만 문과는 거짓말을 잘하기 때문에
무너지지 않는다

노래방에서

노래방에왔다
남자라서 도우미를 불렀다
친구들과 함께 갔다
도우미는 적절했다

내가 노래를 불렀다
즐거웠다
친구가 노래를 불렀다
재미있었다
내가 다시 노래를 불렀다
뒤집어졌다
친구가 다시 노래를 불렀다
애잔했다

나는 노래를 더 부르지않고
친구들의 노래를 듣는다
모두들 노래를 부르다가 지친듯 하면 다시
마이크를 잡는다

광화문거리

나는 광화문에 자주간다
그곳에는 이순신과 세종대왕이 있다

이순신은 나라를 지키고 세종대왕은 한글을
창제하셨다

그곳에는 세종문화회관이 옆에 있다
그곳에 가보면 이순신일대기와 세종대왕의
한글창제 기념으로 지은 석보상절과
월인천강지곡과 용비어천가가 있다

그곳에서 민족의 정기를 느낄수 있다

나는 광화문 안으로 들어간다

그곳에는 경복궁이 있다
경복궁은 조선초기부터 중기 경종까지 쓰던
왕궁이다
나는 그곳에서 서유기를 보았다

지붕에는 손오공과 등등의 7가지
잡귀를 쫓는 신표물이 있는 것이다

그 신표물은 바로 왕의 건강을 지키는
수호신 역할을 하는 것이었다
왕의 건강은 소중한 것이다
왕은 그나라의 건강을 나타내는 것이다

근정전 안에는 일월오봉도가 있다
일월오봉도에는 해와달 그리고 다섯개의
봉오리가 그려져있다
그 천정에는 용 두마리가 서로 엉겨서
돌고있다

뒤로가면 왕의 침실이 있다
그 침실의 지붕에는 가로대가 없다
왜냐면 가로대가 없어야 왕이 잠잘때 머리가
무겁지 않다는 것이다
그래서 왕의 침소에는 용마루가 없는것이라 한다

그렇게해서 서울5궁을 돌게되었다

제 2 편

어린시절의 추억

(1) 초등학교

(2) 중학교

(3) 고등학교

(1) 초등학교

야영

학교에서 야영을 했다
아람단 모임이었다
1박2일 코스였다

땅을 팠다
텐트를 쳤다
도랑을 팠다

그속에서 불편하게 잤다

트램폴린

그녀가 앉았다
내가 뛰었다
내가 내려앉았다
그녀가 뛰어올랐다

우리는 재미있게 놀았다
한바퀴 돌았다
앞으로 돌았다
뒤로는 돌지 못한다
앉았다가 일어날 뿐이다

시간이 다됐다
나가기 좀그랬다
하지만 충분히 놀았다
나갈때 스프링을 밟고 나가야한다
발은 아프지만 밟고 나가야한다

온실과 식물원

온실이 있었다
햇빛이 뜨거웠다
안에가 더웠다
하지만 수풀이 잘자란다

식물원이 있었다
연못도 있었다
부레옥잠도 있었다
그들은 너무 많았다
너무 많으면 수중생활에 불편을 끼친다

동물원도 있었다
공작이 있었다
눈들이 많았다
그눈은 모두 그리스신화에서 뭐라뭐라하는
눈이었다

기초군사훈련

학교가 있었다
새로짓는 학교였다
그런데 공터가 있었다
파인곳도 있었다
그곳에서 기초군사훈련을 했다

우리는 재미있었다
그들도 재미있었다
그들은 바로 우리에게는 공산국이었다
모두들 재미있었다

담방구

꼬리를 잡히면 안된다
무조건 뛰어야한다
그래도 잡힌다
술래가 더 강하다

모두들 재미있다
우리는 재미있다

무궁화꽃이 피었습니다

무궁화꽃이 피었습니다
무궁화꽃이 피었습니다
우리는 하나가 되어서 놉니다
뒤를 돌아보면 멈춰야합니다
우리는 다가서지 못합니다
하지만 다가서야 합니다
모두들 다가서야 합니다
우리는 다같이 다가서야 합니다

우리는 모두 똑같이 다가서야 합니다
우리는 모두 똑같은 신세입니다
하지만 우리는 모두 술래에게 죽습니다
하지만 우리는 모두 술래에게 죽습니다
하지만 우리는 모두 술래에게 잡혀 죽습니다

우리는 모두 술래에게 잡힐듯 합니다
그러나 우리는 모두 그들에게 말합니다
우리는 모두 한목소리가 되어 말합니다
술래는 오직 한명뿐이라고
오직 한명뿐이라고
그들은 모두모여 말합니다
술래는 모두 합쳐서 한명뿐이라고

하지만 불쌍하지 않습니다
그들은 모두 또다시 술래가 되기 때문입니다
모두 돌아가면서 술래가되면
그들은 모두 하나가되기 때문입니다

이제는 모두 하나가 되었습니다
그들은 모두 하나가 되었습니다

정글짐

정글숲을 지나서가자
엉금엉금 기어서가자
늪지대가 나타나면은
악어떼가 나올라 악어떼

이제 모두 한바퀴 돌아서 꼬리따세

구름사다리

구름을 타고 갑니다
한걸음씩 타고 갑니다
천천히 타고가야합니다
그들은 모두 매달려야합니다
우리는 모두 매달렸습니다

다같이 매달렸습니다
그런데 왜 매달렸는지 모릅니다
사람들은 말합니다
우리는 말합니다
어떻게 된거냐고 말합니다

그들이 말합니다
이제는 안심해도 된다고

테니스공과 야구

나는 투수를 한다
던지는게 재미있다
그냥 던지면 내가 주인공이 되는것 같았다

나는 타자를 한다
치는게 재미있다
잘치면 남들이 알아주는것 같아서
기분이 좋았다

나는 둘다 한다
그런데 내가 다하는것 같아서 좀 미안하다
친구들은 타자와 수비를 하는데 나혼자
다하는것 같아서 조금은 미안하다

나도 수비를 하기도 한다
하지만 내가 주인공이 되고싶어서 투수를
계속 하고싶다

프로야구 투수들은 던지기만 한다
하지만 어렸을때는 왜 그들이 던지기만
하는지 몰랐다
그때는 내가 다해서 다해도 되는줄 알았다

하지만 커서 야구공을 던져보니 정말
어렵다는것을 알게되었다
그때는 내가 테니스공으로만 던지고치고
했던 것이었다

지금은 안다
모두가 역할을 분담해서 각자 맡은바 책임을
다하는게 가장 합리적이다라는 것을

테니스공과 야구공은 전혀 달랐던 것이다

구슬치기

구슬을 굴린다
적당히 떨어져서 아래로 나뒹군다
적당히 굴러간다

다른친구가 또 굴린다
적당히 구르다가 내구슬과 부딪힌다

내구슬은 운이 좋아서 앞으로더 나아간다
내가 일등이다
그래서 내게 기회는 왔다
내가 던져서 맞히면 날라간만큼
구슬을 얻는다
못맞히면 두번째 멀리나간 친구가 구슬을 든다
던져서 맞히면 이친구가 구슬을 얻는다

모두들 구슬치기에 집중한다
잘맞히는 친구가 구슬을 얻는다
집중력 싸움인듯 하다
그런데 모르겠다
왜 잘 맞을때도 있고 안맞을때가 있는지
모르겠다

그냥 되는대로 하면 될것 같다

똥그란 딱지

딱지가 똥그랗다
한장한장 세서 정리한다
한친구가 적당량을 집어서 공격한다
다른친구는 두가지 설정을 한다

별높과 숫자높이 있다
내는 사람이 요령이 필요하다
거는 친구가 어느쪽인가를 맞히면 건만큼의
딱지를 얻는다

나는 딱지를 못한다
상대방 마음을 모르기 때문이다
그때는 매일 잃었다
하지만 그런가보다 했다
형은 승부욕이 있어서 매일 땄다
나는 조금씩 잃으니까 많이 안했다

지금은 아이들이 이놀이를 하는지 모르겠다
돈을주고 사야하는 단점이 있다
많이 잃으면 속으로 울기도 한다

일종의 도박인것 같다

하지만 정당한 도박인것 같다

돈을 잘 관리하는 법을 조금은 배우는것 같다

도시락과 급식

덜그럭 덜그럭 도시락을 들고간다
가방과 도시락을 따로 들고가자니 번거롭다

그런데 학교에서 급식을 하기로했다
엄마들이 와서 당번을 했다

우리는 도시락없이 밥을 먹는다
귀찮지 않아서 엄마들이 좋아한다
하지만 우리는 급식비를 낸다
우리학교는 급식시범학교였다

다른학교 아이들은 도시락을 들고다닌다
지금은 거의 모든 초등학교가 급식을 한다
같은반 여자아이들이 떠주는 밥반찬이 정말
스릴있다

나는 그래도 잘 얻어먹은것 같다

구구단

구구단을 외운다
초등학교 2학년때 외웠다
나는 외우는게 싫다
하지만 안외우면 때리신다

그래서 외웠다
한개씩 더해가며 외웠다
다행히 앞에서부터 외우라고 하신다
그래서 쉽게 더해가며 외웠다

결코 중간것을 물어보진 않으셨다
다행이었다

때로는 중간것을 물어볼수도 있다
하지만 나는 중간것을 물어보시면 정말
어렵다
다 계산해서 대답하자니 시간이 걸릴것 같았다
다행히 내 마음을 아시는지 중간것은
물어보지 않으셨다

다행이다
많은 학생수와 수업시간이 짧아서 시간을
끌진 않으셨다

제대로 못외워서 나머지공부를 하기도했다
나머지공부는 중간것을 외워야하는 것이었다
나는 되는대로 외우고 간신히 2학년을 넘겼다

계속 산수를 하다보니 지금은 잘외운다
아무리 물어봐도 바로바로 대답이 나온다

구구단을외자 구구단을외자 게임이 있다
나는 결코 지지 않는다
숫자와 노래를 잘하면 이기는 게임이다

사람들은 하기 싫어한다
난이도가 있어서인지 구구단을 어렸을적에
제대로 안외워서인지 별로 하기를 싫어한다

내전공은 산수다
어려웠지만 그때 제대로 외운것이 사는데
도움이 되는것 같다

구구단을 잘외우면 적어도 술한잔은 피할수
있는것 같다
초등학생들은 알아야한다
구구단만 숙지해도 인생은 무너지지
않는다는 것을

바른생활 슬기로운생활 즐거운생활

국어산수사회자연도덕체육음악이 있었다
기분이 그랬는지 이름이 바꼈다
바른생활 슬기로운생활 즐거운생활이다
바르게 슬기롭게 즐겁게 살라는 말인것
같았다

우리는 책이 커서 편했다
하지만 약간은 국언지 도덕인지 헷갈리기도 하였다
그래도 대충대충 공부했던것 같았다

성적은 과목별로 나온것 같았다
초등학교 생활이 예뻤던것 같다
과목명보다 생활명이 나를 기분좋게한다

어린이회의 1

나는 회장이었다
아이들한테 발표를 시켜야했다
어찌할바를 몰랐다
그래도 되는대로 했다

대충 의제를 정하고 의견을 물었다
아이들이 발표를 안한다
그래서 다시한번 묻는다
그래도 발표를 안한다
여회장의 얼굴을 쳐다본다
얼굴이 예뻤다
그애때문에 상황을 넘긴다

다시 물어본다
한친구가 발표를한다
대충듣고 칠판에 적는다
나는 시키기만 한다
단지 스릴만 넘기면 되는것 같았다

회의가 끝났다
선생님말씀이 계신다
우리는 침묵했다
그걸 가지고 우리들은 일주일간 생활했다

어린이회의 2

전교어린이회의가 있다
각반 반장들이 모인다
한명씩 발표한다
내가 발표해야한다

정신을 가다듬는다
할말을 생각한다
잘 말해야한다
하지만 생각하느라 다른사람의 얘기는
못듣는다
일단 발표가 끝나면 다른사람의 얘기를
잘듣는다

매도 빨리 맞는게 나은것같다
발표도 매인것 같다
우리는 가끔 발표를 해야한다
정리를 잘해서 말을 외워놔야한다

그래야 사회에서 적응을 잘한다
말은 사람들끼리 통하는 방법이다
말을 잘해야 살기가 쉬운것 같다
전교어린이회의는 조금 도움이 된것같다

보이스카웃

나는 아람단이었다
아람단은 입회비가 오천원이었다
보이스카웃은 입회비가 비쌌다
우리집은 가난했다
그래서 나는 아람단에 가입했다

보이스카웃이 부러웠다
하지만 나는 아람단이 적절했다
나는 고급이 아니었던것 같았다
그냥 수수한 아람단이 좋았다

보이스카웃에서 뭐하는지는 잘모른다
하지만 나는 안다
보이스카웃보다는 아람단이 나에게
맞았다는 것을..

달고나

물설탕에 소다를 섞는다
불로 부풀게 만든다
적절히 부풀어오른다
어느정도 굳으면 알루미늄판에 쳐낸다
동그란 판으로 지긋이 누른다
형태막대를 찍는다
50원에 판매한다

사랑이가 한개를 집는다
적절히 침묻혀서 떼어낸다
잘만하면 한개더준다
꺾어진 끝이 어렵다
잘 발라내야한다
깨지면 누구 손핸지 모른다

나는 안다 누구도 손해보지 않는다는 것을
깨지면 할머니 이득이고
안깨지면 사랑이 이득이다

장사는 공평하다

비석치기

이제는 돌을 던져야합니다
우리는 돌을 던져야합니다
한개만 맞춰야 합니다
그런데 빗나갑니다
그래서 한개만 맞춰야합니다
두개 맞출려다보면 한개도 못맞춥니다

그러니까 모두 조심해서 한개만 맞춰야하는
게임입니다
그래서 비석은 우리가 한개씩만
가져야합니다

가위뛰기

한발짝 뛰어갑니다
양발을 벌려야합니다
짚고 뛰고 짚고 짚고
이제는 돌을 집었습니다
돌아가야 합니다
하지만 일어서기가 힘듭니다
일어서서 돌아가야 합니다
그냥 일어나면 됩니다

천천히 돌아서 가면 됩니다
갈때와 똑같이

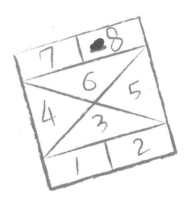

여자친구집 앞에서

우리반에는 여학생이 많다
적절히 예쁘다
내가 누군가를 사랑하진 않았지만
친해지고 있었나보다

나는 어쩌다가 그녀의집을 알게되었다
그리곤 관심이 없었는데
가끔씩 그녀의 집앞으로 가기도 하였다
그녀가 그리웠나보다

두번 찾아갔다

화물열차와 긴못

소리가 난다
화물열차가 지나가는 소리다
얼른 달려나간다

오늘은 꼭 성공해야한다
긴못을 가지고 달려나갔다
오기전에 철로에 긴못을 모셔놔야한다

그래야 열차가 살며시 밀고지나간다
지나간 다음에 성공여부를 본다
따끈한 못이 일품이다

열차가 지나간다
이번엔 타기다
운전수는 한명이다
맨뒤에타면 모른다
적절히 봐준다
쭉 기분좋은만큼 타고간다

어릴적에는 자동차를 못몬다
탈것이 없다
화물열차는 나에게 큰 장난감이었다

이번엔 기사아저씨가 마음이 좋은가보다
끝까지 가보고 싶었다
대략 1km다
쭉 타고간다

가다보면 개천도보고
도로도 가로지른다
차들이 기다린다
나는 몰래탔지만 왕이된 기분이다

집들 뒤쪽 으슥한 곳도 지난다
모르는 풀들이 많다
밑으로 개울이 지난다
종점에 다다른다
열차가 많이 모여있다
끝을보니 흐뭇했다

(2) 중학교

붕어해부

학교에서 붕어해부가 있었다
친구가 메스를 잡고 내가 붕어를 잡았다
친구가 메스를 붕어 머리위로 내려쳤다
붕어를 잡은 내손이 부르르 떨렸다

딱! 파르르르~ 깩!
불쌍하다 이놈아
내가 네몸좀 살펴봐야겠다

이리저리 뒤집고나니 이것저것이 보였다
그런데 좀 다른것이 있었다
붉은빛의 기다란살결
그것은 간이었다

버스에서의 그아이

버스를 탔다
어떤 아이가 있었다
그아이 뒷모습이 예뻤다
나는 첫눈에 반했다
보송보송 하얀얼굴이었다

그렇게 3년을 그리워했다
옆학교 친구였다
운동장을 보면서 있나싶었다
때론 단상대에 올라가서 상을 받는가싶었다

그아이는 결코 못봤다
나중에 알았다
그아이가 나에게 많은 의지를 만들어주고
있었음을

태권도와 여학교

나는 태권도를 배웠다
태권도 2단이다

열심히 배웠다
점심시간마다 학교에서 가르쳤다
나는 태권도복을 갈아입고
뛰쳐나갔다
점심시간이되면 밥먹기전에 운동장에서
가르치는것이었다

탱크장선생님이 지도하신다
빨리 나오라고 소리치신다
우리는 7분안에 나가야한다
그래서 태권도를 하고 들어오면 20분안에
밥을 먹어야한다

점심시간은 50분이지만 우리가 밥먹을수
있는 시간은 고작 그것뿐이다
그래서 아이들은 3교시 끝나고 밥을 먹는다
나도 때론 3교시 끝나고 밥을 먹었다
하지만 밥을 입에 문채로 수업을 듣기가
죄송스러웠다
그래서 태권도 끝나고 밥을 먹는다

태권도 끝나고 밥을 먹다가 5교시가
시작된다
아직 밥을 다 안먹은 상태다
학교다니기 싫었다
밥먹는 시간이 너무 짧았다
나는 밥을 느리게 먹는다
하지만 되는대로 빨리먹어야 한다

하지만 태권도가 좋았다
내가 의로와지는것 같아서 좋았다
옆에 여학교가 있어서 더욱 좋았다
여자애들이 태권도할때 쳐다볼수 있을것
같다고 생각했다

나중에 알았다
여학생들이 그시간에 가끔씩
쳐다봤다는것을

하지만 그때는 몰랐다
그저 탱크장 선생님이 무서울뿐이었다
빠따로 맞았다
과학실험 핑계로 안나갔다가
걸려서 볼기 두대를 맞았다
생애 처음 맞는 야구방망이였다

그래서 안다
야구선수들이 훈련할때 빠따맞으면
아프다는것을

나는 느낀다
그곳 여학교의 은은한 향취가 나의 멍든
엉덩이를 위로했음을

나는 사랑한다
내가 정들었던 그곳에 여학교가 있어서
행복했음을

나는 사랑한다
모두 짝이 있어야 행복을 느낀다는 것을

나는 사랑한다
그때 두학교를 가로지르는 진입로가 우리의
스릴있는 중학생활을 만들어주고 있었음을

나는 느낀다
그곳이 아직도 존재한다는 것을

나는 사랑한다
그곳 행복이 결코 행복만으로
만들어지는 것이 아니라는 사실을

나는 그리워한다
그곳 여학교에 내가 좋아하는 여학생이 한명
있었다는 것을

그래서 나는 밥을 못먹어도 태권도를 열심히
배웠던것 같다

나는 안다
내가 열심히 태권도를 배웠던 것은
미래를 향한 준비과정 이었음을

방과후 빗속에서

비가 내린다
하얀 비가 내린다
구름낀 하늘에서 하얀비가 내린다

수업이 끝났다
다들 집에 갔을무렵 발걸음을 옮긴다
우산은 가지고있다
정상우산이다

하지만 쓰기싫다
왜냐면 오랫만에 내리는 비다
하지만 그리 밝은비는 아니다
어둡고 우울한 비다
나는 안다
그것이 사람들의 울음이란걸

그래서 나는 노래했다
나는 노래를 잘한다
미친듯이 노래를 잘한다
미친 사랑의 노래를 잘한다

소리소리를 지르며 진입로를 빠져나갔다

우산은 들었지만 우산을 제치고
노래불렀다
비를 맞는게 시원했다
우울했지만 그래도 재미있었다

나는 안다
비가 우는 이유를
나는 그래서 노래 불렀다
미친 사랑의 노래를

무서리와 무맛

무서리를 하러갔다
나는 서리를 못한다
하지만 재미있을것 같았다
친구가 도와달라는것 같았다
그래서 그친구가 서리를 하고 나는 구경했다

무를 한개 빼냈다 땅에서
그리고는 대충 툴툴 털고는 흙을 긁어냈다
그리고 대충 짤라서 한입씩 베어물었다
시원했다

그맛은 두가지 맛이 섞인것 같았다
한가지는 서리맛이고
두번째는 신선한 맛이었던것 같다

벌판과 빌딩

학교에 다녔다
벌판으로 가는길도 있었다
한참을 달려야만 종점에 도착한다
종점에 도착해도 산을 넘어야한다
그래서 그길로는 잘안다닌다

하지만 그길로도 가끔씩 다닌다
으슥해도 재미있다
지금은 그길이 바꼈다
논두렁이었다
그런데 고등학교를 졸업하고 가보니
도시로 바뀐것이었다

지금은 그길이 없다
그 으슥한 길이 나는 가난이라고 생각한다
그 버스는 두시간에 한번씩 다니는 버스였다
그 버스를 타면 나는 칙칙함을 느낀다
하지만 그게 무엇인가 나에게 더러움을
이기는 힘을 주는것 같다
그것은 녹이 아닌가 한다
거칠음이 나의 마음속에 있었던것 같다

지금은 그버스가 없다
나는 기억한다
16-1번이다
그버스는 나에게 얘기한다
나를 기억해줘서 고맙다고

나는 예쁜걸 좋아한다
그런데 지금 알았다

내가 거친것도 좋아하고 있었음을

나는 기억한다
그때 논두렁을
그 논두렁을 건너면서 쓰러질뻔했던 기억을

그곳이 지금은 바뀌었다
신도시로 바뀌었다

요즘은 매일간다
즐거워서 매일간다
내가 왜 그곳이 즐거웠는지 몰랐다
지금은 아는듯 하다
내가 그리워한 어스름한 장소였다는 것을

나는 지금 느낀다

그곳은 예쁘다
즐겁고 행복하다
많은사람들이 다니고 즐긴다

나는 알았다
그곳에는 무엇인가 있다는것을

나는 알았다
나의 그리움이 그곳에 있다는것을

(3) 고등학교

봉고차와 편지

그녀가 봉고차를 타고 다닌다
그녀는 내눈에 잡혔다
나는 그녀를 오랫동안 알아왔다
그녀는 나를 모른다
나는 그녀에게 내존재를 알리고싶었다
그래서 편지를 썼다

오래전에 너의존재를 알게되었다고
그후로 너를 흠모하며 지내왔다고
앞으로도 이쁜모습을 잘 간직하며 지내달라고

하며 소극적인 사랑의 메시지를 친구를 통해 보냈다
같은 봉고를 타는 친구는 그녀에게 편지를 전해주고는
둘사이의 연애사에 즐거워하는것 같았다

그녀는 편지를 받았는지 어땠는지
그런일이 비일비재했는지 답장이 없었다

그래도 나는 흐뭇한 마음으로 3년동안
그녀를보며 공부했다

토요일과 남녀공학

오늘은 토요일이다
일찍 끝나고 놀수있는 날이다
진입로에 동기여학생들이 즐비하게 하교한다

하지만 나의 여자친구는 없다
마음껏놀고 월요일날 상쾌한 마음으로
공부하고 싶었다
하지만 남녀공학은 본관별관으로 우리들을
갈라놓았다

쓸쓸히 터벅터벅 진입로를 빠져나간다
떡볶이집도 지나고 오락실도 지난다

내게는 여자형제가 없다
여자마음을 모르니 작업걸 용기는 만무하다
그렇게 토요일을 보내고 지친마음으로
월요일을 맞는다

다행인지 한심인지 그렇게 공부하면서
고등생활을 보냈다

실내3종경기

쉬는시간이다
책상은 농구장이 되어 우리들의
놀이터가 된다
동전을 핑그르르 돌려
상대의 농구손에 골인시키는 게임이다

또하나는 동전세개를 밀쳐나가며
책상핀골대 사이로 골인시키는 게임이다

마지막은 볼펜으로 동전주위를
맴돌다가 골라인안으로 밀어넣는 게임이다

친구들은 열심히 놀이에 집중한다
2학년때 열심히 노는건
중급생의 특권인것 같다

교탁과 그대에게

국어시간이었다
아이들이 지루해했다
선생님은 살짝 놀이시간을 갖자고하셨다
아이들은 평소에 내모습을 조금 보아났는지
나에게 노래를 시켰다

그래서 앞으로 나갔다
교탁은 두드리기에 적합했다
그래서 불렀다

신해철의 '그대에게' 부르며 교탁을 두드렸다
아이들은 환호했다
처음으로 친구들에게 인기를 얻는
순간이었다

그뒤로 나에게 '그대에게'는 18번이 되었다

축제와 그녀들

5월이 되었다
학교에서 축제가 열린다
남자반중 반수만이 짝반이 될수있다
여자반이 작기 때문이다
우리반은 다행히 2반이랑 짝반이 되었다

친구가 다가왔다
나보고 응원단장을 하란다
나는 멋쩍었지만 간신히 허락했다

2반의 배구시합이 있었다
2반이 지고있었나보다
나는 2반아이들 앞으로가서
응원하기 시작했다

플레이플레이 2~반!
잘한다잘한다 2~반!
하지만 배구장에서 어느쪽이 2반인지 잘몰라
실수를 범하고 말았다
하지만 여자아이들은 웃으며 나의 열정을
받아주었다

이후 그녀들이 우리반으로 넘어왔다
아이들은 설레이는듯 즐거워했다
과자와 더불어 사춘기의 우리들은
2학년의 봄을 그렇게 맞이했다

전율

소리가 난다
어디서부터인지 흔들리는
소리가 난다

나는 들었다
너무 좋지 않냐?

나는 들었다
자식 너도 되네

나는 들었다
나의 소원이었던 노래방 기기음의 소리를

우리는 듣고있다
그때부터 지금까지

우리는 듣고있다
나의 혈심어린 마음이 만든 소리를

우리는 듣고있다
사랑하는 사람없이 만든 과거가
우리의 아름다운 소리를 만들고 있음을

우리는 추고있다
순간순간 우리의 마음을 움직이는
그것에 맞춰 일어나고 있음을

나는 말한다
나의 피땀어린 노력이
이제 조금씩 전율하고 있음을

그대는 말하고 있다
나의 보이지 않는 흔들림에 대해서

나는 결혼한다
그때 만든 각오가
이제 뿌리내려 그대를 행복하게 하고 있음을

사람들은 모른다
나의 고3 그대들의 고3이
모든 인생들을 전율케하고 있음을

제3편

지난 시절의 추억

땅도 땅도 내땅이다 조선땅도 내땅이다

그녀가 따라온다
내가 따라간다

그녀가 따라온다
내가 이끈다

그녀는 날버리고
어디론가 따라간다

나는 그녀를 따라가려고
그녀를 이끈다

그녀는 장고를 친다
나는 꽹과리를 친다

나는 그녀를 재미있게 해주려고
꽹과리 가락을 바꾼다
그녀는 내마음을 알까

나는 그녀를 따라가려고
그녀를 이끌려고
꽹과리를 들었네

그녀는 장고를 치지만 가락을 바꾸지 못한다
내가 바꿔야 그녀가 바뀌는걸 느낀다

장고는 바꾸고 싶지만 바꾸기 어렵다
하지만 바꾸고 싶으면 마음대로 쳐도 좋다

그녀가 바꾸는걸보고 내가 바꿔서 칠수도 있다

그녀가 조금씩 재미를 느낀다
나도 조금씩 재미를 느낀다

나는 점점 가락을 올린다
그녀도 점점 가락을 올린다

우리의 가락은 대지를 울린다
대지속에 숨어있던 가락들이
덩실덩실 춤추기 시작한다

춤추던 가락들은 모두
우리 주위로 다가와서
다함께 하나가된다

덩더덩 덩더덩 덩더덩 쿵딱!

제주 우도

우리는 달려간다
벌판을 달려간다

저멀리 등대가 보인다
언덕에 다다른다

새로운 세계가 펼쳐진다
우창공이다

우리는 사랑을 느낀다
하나가된 사랑을 느낀다

다같이 바라본다
새로운 세계
그것은 우창공이다

저멀리 바다가 보인다
언덕밑으로 파도가 부서진다

파도는 너울을따라 소리를 밀쳐나간다
소리는 끝없는 수평선을 만들어간다

수평선 너머 우리들의 노래가 울려퍼진다
제주 우도의 모습에 감탄하는 우리들의 노래다

한없이 펼쳐지는 우도밖의 바다
그것은 태평양
우리들의 가슴은 벅차오른다

지난시절의 추억

지난시절의 추억이라

그것은 별하나 별둘 그리고
나의 작은 별하나

우리의 사랑은 거기서부터 시작되었다
부드럽게 손짓하며 같이 놀아요 하자던 그녀는
나의 십수년을 괴롭혀왔다

멀리 타지에서 가까이 연세에서
그리고 율아

만날수있는 운명 만나지못하는 운명
결혼할수있는 운명 결혼할수없는 운명

그들은 모두 나의 1분간의 기다림이었다

지금은 나의 작은 운명
마음을 치유하는 약이라는 한글자를 위해
이 펜을 들었다

나의 작은 운명
그속에서 그리움을 찾고자 하였으나
빗나간 운명들

그리고 나에게 다가오는
말..말..말들

그들은 모두 나의 아리따운 벗이 되었다

나는 사랑한다

나의 지난 시절의 추억은
비단 사랑만이 아니었음을

입체

돈다
돈다
돈다

굴러간다 굴러간다 굴러간다

사수 사수 사수

그리고 그리고 그리고

기다림 기다림 기다림

난 난 난

질린다 질린다 질린다

그래서 세워야한다
입체로

그러면 넘어간다 넘어간다 넘어간다

되었다 되었다 되었다

새롭다 새롭다 새롭다

기분좋다 기분좋다 기분좋다

이제 새로 굴러간다

내가 새로 굴러간다

돌다가 굴러간다

다시 돌릴수있다

돌다가 뜨면 굴러간다

하나는 돌고 굴러간다
하지만 티나지 않는다

나는 두가지를 보고 있다

두가지는 빛나기 시작했다

그리곤 지금도 그리고 내일도

우리들의 머리위에서 돌 것이다

날라간다 날라간다 날라간다

돈다 돈다 돈다

돌면서 날라간다 돌면서 날라간다

돌면서 날라가지만 절대
도는지 모른다

됐다 됐다 됐다

점점점 커지면서 절대 질리지 않게 날라간다

가만히 놔두면 절대 이쁘다

하지만 제멋대로다

이것들을 감당할수 있을까
ㅎㅎㅎ

최광현 지음
지난 시절의 추억

초판 1쇄 펴냄 | 2014년 7월 21일
편집 | 고유진
펴낸이 | 최정환
펴낸곳 | 도서출판 도솔
주소 | 121-841 서울시 마포구 서교동 460-8
전화 | 02-335-5755
팩스 | 02-335-6069
E-mail | dosolbooks@naver.com
등록번호 | 제1-867호
등록일자 | 1989년 1월 17일

저작권자 ⓒ 최광현, 2014

ISBN 978-89-7220-242-4 03810